# लम्पट : नाटक

DRAMA

धर्मेंद्र मिश्रा

Copyright © Dharmendra Mishra
All Rights Reserved.

This book has been published with all efforts taken to make the material error-free after the consent of the author. However, the author and the publisher do not assume and hereby disclaim any liability to any party for any loss, damage, or disruption caused by errors or omissions, whether such errors or omissions result from negligence, accident, or any other cause.

While every effort has been made to avoid any mistake or omission, this publication is being sold on the condition and understanding that neither the author nor the publishers or printers would be liable in any manner to any person by reason of any mistake or omission in this publication or for any action taken or omitted to be taken or advice rendered or accepted on the basis of this work. For any defect in printing or binding the publishers will be liable only to replace the defective copy by another copy of this work then available.

लम्पट : नाटक


धर्मेंद्र मिश्रा

# क्रम-सूची

# प्रस्तावना

श्रवण कुमार निहायत ही निहायत ही धूर्त ,फन,फैन ,मस्ती ,मज़ाक ही जिसकी जिंदगी है। कई साल पहले घर वालो को झांसा देकर मुंबई भाग गया था। उसका काम इधर का उधर ,उधर का इधर ,ठगी करना ,घर वाले, बाहर वाले,पड़ोसी, दोस्त हो या दुसमन,उसका एक ही मकसद है लोगो को मुर्ख बना कर अपना उल्लू सीधा करना,एक बार गांव आने पर अपने दोस्त बल्लू को भी मुंबई लेजाकर बेंच देता है प्ले बॉय बना देता है। हास्य और मनोरंजन से भरपूर नाटक जिसमे हर संवाद आपको हंसा हंसा के लोट पोट कर देगा। श्रवण कुमार के कारनामे जानने केलिए पढ़िए "लम्पट...

# पावती (स्वीकृति)

# 1

राम नाथ का एक ही लड़का था ,एक लड़की थी,जो लड़के से छोटी थी, राम नाथ ने अपने बेटे का नाम श्रवण कुमार रखा ,यही सोच कर रखा नाम अनुरूप कर्म भी करेगा ,उसके बुढ़ापे का सहारा बनेगा। हमारी संस्कृति में लोक मान्यता शदियों से रही है ,महापुरुषो ,ईश्वर के नाम पर रखा जाए जिससे उसके अंदर गुण भी वैसे ही हो। जैसे की राम नाथ के पिता हरी प्रसाद ने राम के नाम पर अपने बेटे का नाम रखा जिससे उनकी जुबान पे राम नाम का स्वाद बना रहे। हरी प्रसाद ने तो राम नाम का स्वाद चख कर ,सुखी सुखी स्वर्ग सिधार गए ,जब तक मृत्यु लोक में रहे ,राम नाथ अपने पिता के आदेश पर उंगलियों के बल खड़े रहते। समय की चाल टेढ़ी एक पाँव पे खड़े खड़े कब तक संतुलन बनाये रखे ,डगमगाता रहता है।  बोल,चाल,भाषा,पहनावा,उठन,बैठन,खान-पान सब ही बदल गया। आने वाली पीढ़ी अपनी रीती रिवाज को ढकोशला ,रूढ़ि वादी सोच कह कर दरकिनार कर देती है। स्वयं को ज्यादा उन्नत और सभ्य दिखाने केलिए ,दिखावा ,पश्चात सभ्यता को अंगीकार करने में तनिक भी संकोच नहीं करते ,गुण के नाम पर नग्नता ,फूहड़ता यही उनकी पहचान है। ऐसे ही राम नाथ के पश्चात सभ्यता वाले सुपुत्र है श्रवण कुमार ,पिता आम को आम कहे तो वो इमली कहते , पूर्व की ओर जाने को कहते तो वो पश्चिम की ओर जाते।

श्रवण कुमार कई साल पहले राम नाथ से लड़ झगड़ कर मंबई भाग गया था । वर्षा बाद अपने गांव लछमण पुर लौटता है।

उसकी बहन सिम्मो घर पर सब यही कह कर बुलाते ,इस साल इंटर की पढाई पढ़ रही थी बाहर ही चौगाने पर बैठी थी ,श्रवण कुमार को दूर से ही आता देख ,चिल्लाई - भइया आगया, मम्मी देखो तो भइया आ गया, पापा देखो भइया... ।

रामनाथ,भीतर ओसारी में कुछ काम कर रहे थे,सिम्मो की आवज सुन कर,खीजते हुए - आगया तो आरती उतारू ,बड़ी -कमाई कमा के लौटा तेरा भइया ।

सविता,श्रवण की माँ, रसोई छोड़कर, बाहर की ओर दौड़ी - आ गया रे मेरा शन्नू? आंखे तरश गयी, घर की याद नहीं आई तुझे? पता नहीं अइसा का है बम्बई मे ?

सिम्मो- भैया पहले ये बताओ मैंने जो बोला था वो लाये हो?

श्रवण, बैग रख कर , घर के बाहर ही जो चारपाई पड़ी थी ,धसते हुए - साँस तो लेने दो, ट्रेन के सफर में हालत ख़राब हो जाती है, पता नहीं हमारे यहाँ से फ्लाइट कब चलेगी ।

इतने में रामनाथ भी भीतर से बाहर आ जाते है- फ्लाइट बाद में चढ़ना, तीन साल से टिके हो पैसा कितना कमा के लाये हो? भागे तो बड़े ताव से थे ।

श्रवण - इस महगाई की दुनिया में बचत नहीं पूंछते ,ये पूंछो खर्चा कितना है ?

राम नाथ - यही बता दे ?

श्रवण ,कुढ़ते हुए -खर्चा मतलब खर्चा ,कमाओ ,खाओ ,यही जिंदगी है ,और क्या ,बांध कर थोड़े ले जाओगे ?

रामनाथ - ये फिल्म वो फिल्म, जब फ़ोन लगाओ, बाते तो ऐसी करोगे अमिताभ बच्चन के बाद तुम्ही हो ।

श्रवण - आज नहीं तो कल बन जाँऊगा, सुरु सुरु मे सब ऐसे ही रहते है फिर करते-करते, स्टार ,सुपर स्टार ,मेगा स्टार।

रामनाथ - पट्टी न पढ़ा ,पैसा निकाल ?

श्रवण -बाप हो की साहूकार ,कर्जा थोड़े न लिया आप से ?

सविता - अभी-अभी तो आया है, आराम से बाद में पूंछ लेना, भगा थोड़े ही जा रहा है ।

बाहर ही एक पुरानी खटारा राजदूत खड़ी थी, श्रवण ,ऊसी कि ओर उंगली करते हुए - बस एक साल और रुक जाइये, फिर आप ये पुरानी खटारा से नहीं, आप के लिए मै एक फस्ट क्लास, चमचमाती हुई, एवन कार खरीदूंगा ।

रामनाथ, तमतमाते हुए- तू मुंगेरी लाल के सपने न दिखा,बताता हूँ बहुत घूम लिया,अब तू कही नहीं जायेगा सीधे खेती करेगा , खेती ।

श्रवण,अपना सा मुह बनाते हुए -आप भी वही रटा-रटाया, विलन वाला डाईलाग मारते रहते है ।

रामनाथ- तेरी सारी हीरोगीरी निकलूंगा ,खूब मटरगस्ती कर लिया ।

शरीर से धुल झाड़ते वहाँ से चले गए , श्रवण ने राहत की साँस ली,खाट से उठते हुए -मूड ख़राब कर दिया, मै जाता हूँ, थोड़ा गांव घूम आऊं, देखू तो कौन मरा, कौन क्या कर रहा है?

सिम्मो - भइया मेरा जींस-टॉप तो दिखा दो, देखूँ तो कैसे लगती हूँ?

श्रवण, दुत्कारते हुए - हट जा यहाँ से, जींस-टॉप पहिनेगी, जींस –टॉप पहन के गांव घूमेगी ।

ये कह कर खुद ही गांव की ओर निकल गया।

༄

2

पड़ोस के ही रौशन लाल रिश्ते में काका लगते है, उम्र कोई वही 80-85 रही होगी । श्रवण उनके घर पहुँच जाता है, वो बाहर खाट पे बैठे सुरती मल रहे थे ।

श्रवण- और काका का हालम-चालम, तीन साल पहले जैसे थे, आज भी वैसा का वैसा ही हो, मैंने सोचा निकल लिए होंगे ?

रौशन लाल - आँखों में चस्मा चढ़ते हुए, पहचान नहीं पा रहा हूँ ?

श्रवण - काका पहचान में कहाँ से आऊंगा,अब मै पहले वाला शन्नू नहीं, श्रवण कुमार हो गया हूँ । रौशन लाल- माफ़ करना बेटा, ज्यादा दिखाई नहीं देता, रामनाथ के बेटे हो ?

श्रवण - नहीं काका, रामनाथ मेरे पिता है, अब लोग मेरे नाम से उन्हें जानेगे ।

रौशन लाल- ये तो बहुत खुशी की बात है बेटा, तुमने बड़ी तरक्की की, बम्बई रहते हो ?

श्रवण - काका बम्बई नहीं मुंबई कहो वो तो मायानगरी है,फ़िल्मी सितारों से सजी दुनिया, खैर ये बात तुम्हारे पल्ले नहीं पड़ेगी ।

रौशन लाल - वो तो ठीक है, करते क्या हो?

श्रवण - अमिताभ बच्चन का नाम सुना है, बस समझ लो उन्ही के साथ काम करता हूँ ।

रौशन लाल – अमिताभ बच्चन को कौन नहीं जनता, बड़ी पिच्चरें देखी उनकी, सोले, दीवार, मुगले आजम ।

श्रवण - अब तुम सठिया गए हो,मुगले आजम दिलीप कुमार की फिल्म है ।

रौशन लाल - क्या फरक पड़ता है,है तो हीरो ही,दिलीप कुमार हो या अमिताभ बच्चन ।

श्रवण - काका तुम वो सब छोडो, दो-चार साल अभी हो न ? अब मेरी पिच्चरें देखना ?

रौशन लाल - अच्छी बात है बेटा, खूब नाम करो, खूब तरक्की करो ,ये बाल तुम्हरे लाल-पिले हो गये,वहाँ का पानी ठीक नहीं है क्या?

श्रवण - काका ये फैसन है, अब ये बात भी तुम्हारी समझ में नहीं आएगी, काका अच्छा ये बिल्लू कहाँ है?

रौशन लाल - ये बिलवा, वो तो तबेले में होगा, भैंस को सनी-भूसा दे रहा होगा ।

श्रवण - काका उसकी जिंदगी तुमने झंड कर दी ।

रौशनलाल - का मतलब . फिर से कह ?

श्रवण - काका जवानी में कभी झंडे गाड़े होते तो पता होता, तुमने भी जिंदगी भर यही तो किया, अच्छा काका नाइस टू मीट यू चलता हूँ ।

☙

3

बालेन्द्र उर्फ़ बिल्लू भैंस के तबेले में भैंस को सानी भूसा दे रहा था, श्रवण पहुंच जाता है ।

बिल्लू,भैंस को रगड़ रगड़ कर नहला रहा था।

श्रवण, दूर से ही नाक,भौंह सिकोड़ते हुए,तबेले में झांकता है - ये बिल्लू ,ये बिलवा,भैंसइया का पिछवाड़ा धो रहे हो का?

बिल्लू, जैसे ही श्रवण को देखता है ,भैंस का सानी भूषा छोड़ कर लपका- अरे शन्नू तू कब आया ,कैसे आया , आजा भाई गले लग जा ।

श्रवण - चल दूर हट, दूरय से, गोबर से अलर्जी है ।

बिल्लू - का बात करता है ,इमे ता बड़ी एनर्जी है ,

और बता का हाल-चाल है ,मैंने सुना तू फिल्म में काम करने लगा?

श्रवण- फिल्म में काम ,अरे वो जो गजनी फिल्म आयी थी ना उसमे वो झाकलेट हीरो वाला रोल पहले मुझे ऑफर हुआ था ,फिर मैंने माना कर दिया,मैंने फिल्म के डायरेक्टर से साफ कह दिया,श्रवण कुमार,ऐसे आगलो-पागलो वाला काम नहीं करता ।

बिल्लू - गजब भाई ,गजब ,माने ऋतिक रोशन की जगह तुमको ले रहे थे ,मान गया भाई ,बहुत बढ़िया ।

श्रवण – तू भी गोबर गणेश ही है, उस बुढऊ रौशन लाल की तरह ।

बिल्लू, अपना चेहरा लटकाये –का करे भाई , जिंदगी भैंस के तबेले में ही कटी जा रही है ।

श्रवण - तभी तो भैंस का पिछवाड़ा और तेरी सकल एक जइसे होगई, मुँह में गोबर मलता है का?

बिल्लू - जैसी संगत ,वैसी रंगत ।

श्रवण - क्या बात करते हो, अच्छा ये बता कुछ माल-वाल पटाई या भैंस का पिछवाड़ा ही ?

बिल्लू –कुछ न सही से कुछ तो सही भैंस ही माल है ।

श्रवण - तू एक काम कर, इस बार तू मेरे साथ चल, माया नगरी है, क्या पता तेरी किस्मत पलटी खा जाये ?

बिल्लू - अरे भाई, रहने दे, ये हीरो-वीरो मैं न बन पाउँगा ?

श्रवण - भैंस की सांगत में तुम्हारी अक्ल भी भैंसिया जैसी हो गयी है ।

बिल्लू - भाई नाराज न हो, मैंने तो ऐसे ही कह दिया ।

श्रवण - तू मेरे साथ चल इसबार, मजे ही मजे , चार आगे लड़किया, 10 पीछे ।

बिल्लू - सही मे ! का बात करते हो ! मेरा तो लड़कियों को देखते ही प्राण सूखने लगते है ।

श्रवण – समंदर मे तेरे साथ गोते लगायेगी ।

बिल्लू - अहा !तब तो मजा ही आजायेगा ,समंदर में डूब मरूंगा !

श्रवण - अबे ढक्कन ,मरभुंखे तू भैंस के लायक ही है।

बिल्लू - तुझे तो पता है,लड़की का नाम सुन कर मै अपना आपा खोदेता हूँ ।

श्रवण - अबे ढपोर शंख !

बिल्लू - बस कर भाई ,अब ये बता चलना कब है, मै अपना सामान अभी बांध लेता हूँ ?

श्रवण - परसो ही जाना है,एक फिल्म की सूटिंग छोड़ कर ही आया हूँ, अच्छा अब मै चलता हूँ, थोड़ा गांव वालो को उनकी औकात दिखा दूँ, जो मुझे निकम्मा समझते थे ।

୭୭

4

अगले दिन सुबह के 9 बजने को हो रहे थे, श्रवण सो रहा था रामनाथ उठाते हुए - श्रवण... श्रवण... ए श्रवण... उठजा, कब तक सोयेगा? श्रवण अनसुना कर पीठ दूसरी तरफ कर लेटा रहा ,जोर जोर से खर्राटे भरने लगा।

रामनाथ - फ़ौरन उठ, सोसाइटी जाना है, यूरिया-डी ए पी लाना है,खेत सब परती पड़ गए है, तू आगया है तो अब सब काम जल्दी होजायेगा।

श्रवण,चद्दर फेंकते हुए -खेत में परती पड़े या पाथर,मै दो दिन के लिए घूमने फिरने आया हूँ, मै ये काम नहीं करूँगा।

रामनाथ,तमतमाते हुए - दो दिन के लिए ? फिर से कह तेरे पैर तोड़ के हाँथ में रख दूंगा, जो तू इस बार बम्बई गया तो ?

श्रवण - कौन किसी का बाप मुझे नहीं रोक सकता।

रामनाथ - किसी का बाप नहीं, तेरा बाप, तेरे लिए लड़की भी देख रखी है, शादी कर दूंगा अब तू यही रहेगा ।

श्रवण - मै वो भी गॉव वाली लड़की से शादी करूँगा?

रामनाथ - क्यों नहीं करेग ?

श्रवण ,खीझते हुए -मै शादी ही नहीं करूँगा ,मोदी बनुँगा,अब चैप्टर क्लोज।

चद्दर तान कर फिर सोने की नौटंकी करने लगा।

रामनाथ ,जूता उतारते हुए -निखटू दो जूते में तेरा सारा भूत ऊतर जायेगा ।

श्रवण - पापा दो जूते मार लो, लेकिन शादी मै न करूँगा ।

रामनाथ - अभी तो तू पहले सोसाइटी से खादी लाने जा ?

श्रवण - पापा लोग देखेंगे तो क्या कहेंगे, बेइज्जती होगी, समझा करो?

रामनाथ - तो खाद बीज कौन लाये, तुझसे नहीं होता तो मोदी को ही बुला ले ?

श्रवण - पापा मजाक नहीं, मै न जाऊंगा , बताये दे रहा हूँ ।

रामनाथ , निराश मन से- बड़ी उम्मीद से तेरा नाम श्रवण रखा था, बड़ा होगा माँ -बाप की सेवा करेगा ।

श्रवण - अच्छा, अब इमोशनल ब्लैक मेल न करो,जुगाड़ लगता हूँ, बिल्लू को भेज दूंगा ।

☙

5

श्रवण, बिल्लू के घर पहुँच जाता है, बिल्लू बाहर ही चौगान में मिल जाता है ।

श्रवण - बिल्लू भाई एक काम है, सोसाइटी तक जाना है ?

बिल्लू: हा हा काहे नहीं, तू कहे अउर मै न जाऊ ।

श्रवण - जाने की तैयारी है न ? याद रखना कल ही अपने को यहाँ से निकलना है, यहाँ रुकना अब मेरे लिए खतरे से खाली नहीं है, रामनाथ ने मुझे हलाल करने का मन बना लिया है ।

बिल्लू - भाई तेरी हो रही अउर तू कर नहीं रहा, मै मारा जा रहा हूँ, मेरी कोई कर नहीं रहा ।

श्रवण - तू फिकर न कर मुंबई की लड़किया तेरी राह देख रही है, कब आएगा बिल्लू ?

बिल्लू - भाई तू ऐसी बात न कर नहीं मेरे प्राण यही निकल जायेंगे ।

श्रवण - अबे सबर रख, और देखता जा कैसे तुझे बिल्लू से बालेन्द्र जी बनाता हूँ ।

बिल्लू - भाई अपनी जान से ज्यादा तुमपे भरोसा है, अच्छा शन्नू,सही -सही एक बात बता , मुंबई में मै गोरा होजायूँगा न ?

श्रवण - हा क्यों नहीं तुझे तो जॉनी लीवर से राजपाल यादव बना दूंगा ।

बिल्लू - नहीं शन्नू ,हाइट के हिसाब से शाहिद कपूर जैसा लुक करवा देना ?

श्रवण - तू टेंशन न ले जैसा कहेगा वैसा ही करवा दूंगा , तू चलने की तैयारी कर ?

बिल्लू - तैयारी क्या करना, तेरी तरह मै भी अब मुंबई में ही फैशनेबुल, कपडे खरीदूंगा ?

इतने में बिल्लू के दादा रौशन लाल आजाते है- कौन कहाँ जा रहा है ?

श्रवण - ये देखो, बुढऊ को अपने काम की चीज चौकस सुनाई दे जाती है ।

बिल्लू - दादा मै भी शन्नू के साथ मुंबई जा रहा हूँ, हीरो बनुगा ।

रौशन लाल- ससुर के नाती भैसिया भी लियेजा ,हीरोइन बन जायेगी ?

श्रवण - अब तू ही समझा,मुझे अपना भेजा नहीं ख़राब करना ?

बिल्लू – दादा तू सठिया गया है ।

रौशन लाल- भैंस को सानी-भूसा तेरा बाप देगा?

बिल्लू - तुम चाहते क्या हो, ज़िंदगी भर यही करता रहूँ ?

रौशन लाल - कही नहीं जाना उसके साथ , वो लम्पट-आवारा शन्नु एक नंबर का झूठा है, तुझे बम्बई में बेंच देगा ?

श्रवण - वो लम्पट, आवारा यही है, तुम्हारा नाती कोई छमिया तो है नहीं जो उसे भगाये ले जारहा हूँ?

रौशन लाल - देखा बात कैसे कर रहा है, बात करने की भी सहूर नहीं,इसके साथ तो तुझे गाँव के बाहर भी न जाने दूँगा ।

श्रवण - तुम्हारी उम्र का लिहाज कर रहूं, अब तुम ज्यादा न बोलो ?

रौशन लाल - जा जाकर अपने बाप को पट्टी पढ़ना, बड़ा आया हीरो ।

श्रवण - अब कुछ ज्यादा ही हो गया, देख भाई बिल्लू, तू अपने इस बुड्ढे खूसट दादा को समझा ले, मेरे दिमाग का पारा चढ़ रहा है ।

बिल्लू - ये तो इनकी आदत है ।

श्रवण - आदत जाये तेल लेने, मूड खरब कर दिया, मै जा रहा हूँ, अब तू देख लेना अपने हिसाब से ।

रौशन लाल - हाँ निकल जा यहाँ से नहीं उठाता हूँ छड़ी ?

श्रवण - एक कलाकार की इतनी बेइज्जती, ये सब बिल्लुआ तेरी बजह से हो रहा है ।

रौशन लाल - भागता है की नहीं?

श्रवण : हां, जा रहा हूँ, कही अभी न मर जाओ, बिल्लू ये तुम को भैंस का तबेला ही बना कर छोड़ेगा ।

बिल्लू - रुक तू सन्नू, अब इनकी एक भी नहीं सुनुँगा, मै अब यहाँ नहीं रहूँगा ।

रौशन लाल - जो तू इस के साथ गया तो मेरा मरा मुँह देखेगा ?

श्रवण - रहने दे भाई तू. हत्या का पाप मेरे सर पे मत डाल, ठीक है काका नहीं ले जाऊँगा, तू अभी मत मरना, मै यहाँ से चल जाऊँ फिर मर जाना ।

श्रवण अपना पैर पटकते ,मन ही मन ,साला मूड ही ख़राब हो गया ,पता नहीं किस कल मुहे का मुह देख कर उठा था, बड़बड़ाते हुए वहाँ से चला जाता है।

⸏

6

अगले दिन श्रवण मुंबई जाने की तैयारी में था , इंतजार में था कि कब राम नाथ इधर-उधर हो और वो निकल ले ।

रामनाथ, सविता से - इसे इस बार जाने मत देना, बहुत सैर-सपाटा कर लिया, मै थोड़ा खेत से होकर आता हूँ ।

रामनाथ के निकलते ही श्रवण अपना सामान पैक करने लगा बिल्लू भी अपना झोला लेकर आ गया ।

बिल्लू - चल भाई जल्दी, बुढऊ को पता चले इससे पहले ही निकल लेते है ।

श्रवण- हा ठीक कहते हो, इधर भी यही हाल है, रामनाथ खेत से लौट कर अये, इससे पहले ही हम लोग रवाना हो होजाये।

अपना अपना झोला उठा कर दोनों चलने के लिए तैयार हो गए ,श्रवण ,सविता के पैर पड़ते हुए - अच्छा माँ चलता हूँ, आशीर्वाद दो, अगली बार जब आऊँ तेरी बहु को भी घर साथ लेकर आऊँ और सिम्मो तू, इधर-उधर ज्यादा घूमना मत, सीधे स्कूल और स्कूल से सीधे घर, कोई शिकायत न मिले, बड़ी आई जींस-टॉप पहनेगी ।

सविता - बेटा तेरे ,पापा को क्या बोलूंगी, तू गया तो हमारे ऊपर ही अपनी भड़ास निकालेंगे ?

श्रवण - मम्मी तुम इतना लोड मत लिया करो, कह देना मुंबई से किसी फिल्म की सूटिंग में गया है ,पूरी होते ही लौट आएगा।

श्रवण और बिल्लू ,अपना झोला उठा कर घर से निकल पड़े अपनी मंजिल की तरफ ।

๛

7

रौशन लाल थोड़ी देर बाद श्रवण के घर पहुँच जाते है ,सिम्मो बाहर ही खड़ी थी- ये बिल्लू आया था क्या?

सिम्मो- वो दोनों तो मुंबई गए काका, अभी-अभी तो गए है,ज्यादा दूर नहीं गए होंगे , अभी तुम उनको पकड़ लोगे, मेरे पापा मिलेंगे तो उनको भी बता देना, दोनों को पीटते हुए लाना ?

रौशन लाल - आज तो इस रामनाथ के लौंडे को जिन्दा नहीं छोड़ूंगा, खुद तो बर्बाद है, मेरे नाती को भी नहीं छोड़ेगा, श्रवण को गाली देते हुए भागे ।

रास्ते में रामनाथ भी मिल गये, रामनाथ - क्या हुआ मुझे क्यों गरिया रहे हो?

रौशन लाल - गाली नहीं तो क्या फूल बरसाऊँ, मेरे बिल्लू को तुम्हारा वो नालायक सन्नू बम्बई भगाये ले जा रहा है ।

रामनाथ - क्या कहते हो, बम्बई भाग गया? आज तो इसकी खैर नहीं, हाँथ-पैर तोड़ दूंगा, मना किया था फिर भी नहीं माना ।

৩৫

8

श्रवण और बिल्लू दोनों टेम्पो स्टैंड में टेम्पो के आने का इंतजार कर ही रहे थे की ये दोनों पहुँच गए ।

रौशन लाल, अपना डंडा लहराते हुए ,दौड़े - पकड़ो वो रहे दोनों, रुक बिलुआ तुझे बताता हूँ ।

श्रवण के होश फाख्ता हो गये, इनके हाँथ जो लगा , चटनी बना देंगे - बिल्लू जल्दी टेमो में बैठ भाग जल्दी ।

दोनों टेमो में जैसे ही बैठने को हुए, रौशन लाल ने अपना डंडा उछाल दिया, डंडा सीधे बिल्लू के पीठ पर जा लगा ।

श्रवण - ऑटो भगा जल्दी-जल्दी, रोकना मत, नहीं भरता बना देंगे ।

रामनाथ और रौशन लाल टेम्पो के पीछे-पीछे- रुक टेमो, रुक टेमो ।

৩৫

9

मुंबई केलिए साम की ट्रेन थी ,श्रवण और बिल्लू दोनों रेलवे स्टेशन पहुँच गए।

श्रवण,बिल्लू से -बिल्लू जा दो जनरल की टिकट लेले ? बिल्लू लाइन में लगकर दो टिकट लेलिया। ट्रेन की जनरल बोगी की तरफ दोनों बढे ,बिल्लू बड़ा उत्साहित था ,आगे आगे भगा जा रहा था ,श्रवण टोकते हुए

-पगला गए हो क्या ? बिल्लू –काहे ? श्रवण - जनरल की टिकट मतलब रिजर्वेशन।

स्टाइल से अपना बैग भी उसकी तरफ फेकते हुए-अब से तू मेरा असिस्टेंट ,जैसा कहूंगा वैसा ही करना।

बिल्लू पीछे-पीछे ,श्रवण रिजर्वेशन की दो -तीन बोगी घूमा कही कोई सुन्दर लड़की दिख जाये ,वही डेरा जमाये।

खिड़की के नजदीक बैठी एक लड़की इंग्लिश नावेल पड़ती हुई दिखी,सकल तो किताब से ढका था ,श्रवण बुदबुदाते हुए,अंग्रेजी नावेल,फिगर सेक्सी,जींस टाइट ,लड़की बिलकुल राइट है ,बस एक बार सकल देखलूं ,कुछ देर सोच विचार करते हुए -एक्सक्यूज़ मी मैंम ,ये सीट आपकी है क्या ?लड़की किताब चेहरे से हटाते हुए ,यस ऑफ कोर्स ,यू हैव एनी प्रॉब्लम ? उसे देखते ही श्रवण का दिल धक् से रह गया।

मन ही मन माल तो बड़ी टपाका है। लड़की - कुछ कहाँ अपने ? श्रवण ,बुदबुदाते हुए ,लगता है इससे इतनी ही अंग्रेजी आती है -नहीं ,नहीं कुछ नहीं ,एक्चुअली मेरा वेटिंग में है।

श्रवण ,बिल्लू को बगल में लेजाते हुए -देख बिल्लू ये मस्त आईटम है ,अपन यही बैठेंगे।

बिल्लू - जहाँ लड़की न हो वहाँ बैठेंगे ,इतनी सुन्दर लड़की देख कर रात भर मेरे प्राण सूखेंगे।

श्रवण-देख बिल्लुआ बकवास मत कर ,जैसा कहता हूँ वैसा कर ,फ़ोन को कान में सटा कर ,जोर जोर से दो -तीन बार आलिया,आलिया करना ,किससे-किससे सर से बात करनी है,बस इतना कह कर फ़ोन मुझे देदेना। श्रवण उस नावेल वाली लड़की के सामने खिड़की के पास खड़ा होगया। ऊधर से बिल्लू –हेलो,हेलो कौन,क्या-क्या ,नाम बताया आपने ,खालिया,खालिया ,आवाज नहीं आरही मैडम , सर जी से बात करनी है,जी अच्छा कराता हूँ। श्रवण को फ़ोन पकड़ाते हुए।

श्रवण -जी कौन आलिया ,अच्छा , क्या कर सकता हूँ आपके लिए, अच्छा आपको सारुख के साथ काम करना है ,देखिये मैडम आलिया , मै फिल्म की शूटिंग के सिलसिले में कही बाहर हूँ ,आप मुझसे परसो मेरे जुहू वाले ऑफिस में मिलिए।

श्रवण लम्बी साँस खींचते हुए ,परेशान कर के रख दिया। बिल्लू से श्रद्धा का फ़ोन आये तो मत उठाइयेगा? बिल्लू ,आंखे चौड़ी करते हुए -मै ? ,श्रवण ,आंखे दिखाते हुए ,चुप रहने का इसारा किया - परेशन कर रखा है। सारुख एक है 36 थोड़े जो सब के साथ काम करेगा।

बगल की सीट पे एक अंकल जी बैठे थे ,बेटा फिल्मो में काम करते हो ?

श्रवण -जी हा ,फिल्मो केलिए काम करता हूँ ,अभी फिल्म की सूटिंग केलिए जा रहा हूँ।

अंकल जी -बेटा इतने बड़े आदमी हो और ट्रेन से सफर करते हो ?

श्रवण , रौब दिखाते हुए - ये सब इस नालायक असिस्टेंट की वजह से हुआ ,इंटीरियर में सूटिंग थी ,पहले से रिजर्वेशन करवालेना था ऐसी में ,जब पता था ,सर को अर्जेंट जाना है अब क्या रात भर खड़े –खड़े जाऊ ?

बिल्लू ,को कुछ समझ नहीं पड़ रहा था -सर , मुझे अब क्या बोलना है ?

श्रवण ,आंखे दिखाते हुए ,चुप रहने का इसारा किया -मुझे क्या बोलना , तुम्हारा मुँह है बोलने लायक , नालायक ,तुम्हारी नौकरी तो समंझो गई।

बिल्लू -गई ,अभी लगी कहाँ ,चली पहले गई ?

श्रवण -चुप जुबान न खुले।

अंकल जी -बेटा लड़ो मत ,सफर ही तो करना है ,कौन सा सीट खाना है तुम भी बैठ जाओ।

दोनों उस लड़की की बगल वाली सीट पे बैठ गए ,श्रवण ,उस बुजुर्ग अंकल से ,लम्बी –चौड़ी हाकने लगा।

लड़की , अपना मुँह बिदकाते हुए -फेंकू कही का ,लाइन मार रहा है।

श्रवण -एक्सक्यूज़ मी ,व्हाट्स योर नेम ? लड़की -क्या करोगे जानकर ?

श्रवण -यू आर लुकिंग ब्यूटीफुल ,आपको पता है ,आप का चेहरा माधुरी से मिलता है।

लड़की -जी नहीं मस्का लगाने की कोई जरुरत नहीं।

श्रवण -आप की जैसी मर्जी मैंने सोचा ,सायद आप भी फिल्मो में काम करना चाहे ,सुरु में ऐसा ही लगता है लेकिन किस्मत साथ दे और हुनर को पहचानने वाला हो तो लोग रातो रात स्टार बन जाते है।

बगल वाली सीट पे एक लड़का बैठा था ,श्रवण से - भाई हमें भी फिल्मो में काम दिलवा दो ?

श्रवण -फिल्म है फिल्म कोई मजाक नहीं है ,खैरात नहीं बट रही ,कान पे फ़ोन सटाते हुए -

क्या , कहाँ ,फिल्म की सूटिंग रोक दी ,क्यों ,ऐसा क्या ? चलो ऋतिक से मै बात करता हूँ,

मेरी बात वो कभी नहीं टालता ,हा हा टेंशन मत लो ,मैंने कहाँ न मै संभाल लूंगा।

श्रवण ,गर्मी लगने का दिखावा करते हुए - ये ट्रेन का सफर बड़ा बोरिंग है ,धीरे से बिल्लू के कान में -जरा घर फ़ोन तो लगा तेरा दादा कही मार -मुरा न गया हो ?

बिल्लू -जो करना है करे ,अब तो मै न लौटूंगा ,अब तेरा ही सहारा है।

श्रवण-बिल्लू अब तो तू,हेरोइनो के सपने देख, कैसे तेरे सपने और जिंदगी दोनों को रंगीन बनाता हूँ।

तभी बिल्लू,बाथरूम की ओर भागने लगा - भाग ,टीटी आगया ,अब क्या करेगा ?

श्रवण-तू कुछ मत बोलना ।कान पे फ़ोन सटाते हुए ,बाथ रूम की ओर जाने लगा ,जैसे टीटी की और देखा भी न हो- हा,कौन ,मैंने कहा न ,आपको ,कितनी बार कहूं,आपको अपनी अगली फिल्म में ।

टीटी ,श्रवण के पास आकर रुक गया -टिकट ,दिखाइए ,श्रवण -देख नहीं रहे हो ,अभी इम्पोर्टेन्ट कॉल पर हूँ ,बाद में देखना ।

फ़ोन कान पे सटाते हुए फिर गेट की तरफ जाने लगा - हा तो मै क्या कह रहा था ,आप ऑफिस में आकर मिलिए।

टीटी -मेरे पास इतना समय नहीं है ,आप अभी टिकट दिखाइए ?

श्रवण -उस बुजुर्ग अंकल की ओर इशारा करते हुए ,वो खर्राटे भरते सोये पड़े थे - वो मेरी सीट पे दादा जी लेटे हुए है ,उनकी तबियत ख़राब है अभी सोरहे है , आपको टिकट दिखा रहा हूँ ,तब तक आप दूसरो का चेक

कर लीजिये । टीटी जैसे ही दूसरे कम्पार्टमेंट में गया। बिल्लू - चल ,भाग जल्दी ,दोनों बाथरूम में जाकर छिप गए।

इतने में टीटी लौट के जैसे ही ,बुजुर्ग अंकल जी की सीट पे गया जिनकी सीट पे दोनों बैठे थे -टिकट दिखाइए ?

बुजुर्ग ने अपनी टिकट तुरंत निकाल कर टीटी के हाँथ में पकड़ा दिया। टीटी - एक ही टिकट और आपके साथ जो बैठे थे उनकी टिकट कहाँ है ?

अंकल -कौन वो फिल्म वाले ?

टीटी -जो भी हो उनकी टिकट कहाँ है ?

अंकल -मुझे क्या मालूम ,उन्ही से पूंछो ?

टीटी इधर -उधर देखता है ,जब दोनों कही न दिखे तो बांकी लोगो का टिकट चेक करते हुए दूसरे बोगी में चला गया।

श्रवण बाथरूम का गेट खोल कर ,बाथरूम के बाहर बैठे एक बुजुर्ग से ,दादा टीटी गया क्या ?

बुजुर्ग बाथरूम के अंदर दोनों को देख कर -घोर अंधेर है ,घोर कलयुग आगया ,औरत मर्द का फर्क ही नहीं रहा ,मर्द -मर्द में ही लगा है तुम दोनों को ट्रेन ही मिली ?

श्रवण -चुप बूढ़उ ,फालतू की बकवास न करना ,चल बिल्लू चल कर देखते है ,टीटी चला गया होगा।

दोनों उन्ही अंकल की सीट पे बैठ गए ,श्रवण -बिल्लू मेरा टाइम पाश नहीं हो रहा मै थोड़ा घूम के आता हूँ।

श्रवण कुछ देर बाद फिर लौट आता है , बिल्लू बैठे बैठे ही नींद के मारे इधर उधर गिर रहा था - बिल्लू मेरा एक बहुत पुराना दोस्त मिलगया ,ये वो 45 नंबर वाली सीट ऊपर वाली है ,वही पर जा कर सो जा उसे जगाना मत।

नींद में बिल्लू को लग रहा था कही भी लेटने को मिल जाए , अपनी सीट से सीधा उठ कर सीधा 45 नंबर वाली सीट पे आराम से उसके पैर की तरफ सर करके लेट गया।

कुछी देर बाद उसी बर्थ से वही अंगेजी नावेल वाली लड़की की जोर जोर से चीखने की आवाज आई,ऊपर से कूद कर जमीन पे आगिरी हाफने

लगी उसे कुछ समझ में नहीं आरहा था क्या होरहा है ,बिल्लू पसीना-पसीना उस लड़की की तरफ आंख फाड़े देखे जारहा था।

आस पास के कमार्टमेन्ट वाले भी इकठ्ठे होगये ,क्या होगया ,क्या होगया ?

बिल्लू की ओर इशारा करते हुए ,बिल्लू को भी कुछ समझ नहीं पद रहा था क्या होगया ,ऊपर ही बैठा सबके मुँह तक रहा था ,आखिर हो क्या गया।

लड़की -ये पता नहीं कौन है मेरी सीट में कैसे आगया ?

श्रवण ,मन ही मन मुस्कुराते हुए ,लगता है अंगेजी वाली की बिल्लुआ ने हवा टाइट कर दी ,वो भी पहुँच गया -अरे बिल्लू तू इस सीट में क्या कर रहा है ,अबे गोबर गणेश ,तुझे s-5 में 45 बोला था।

बिल्लू , लड़की से - मैडम , सॉरी ,वो थोड़ा कनफुजन होगया था। श्रवण -चलो –चलो सब अपनी सीट पे तमाशा थोड़े ही हो रहा है।

फिर से दोनों उसी अंकल की सीट पे जाकर बैठ गए ,बिल्लू -हराम खोर तूने तो आज मरवा ही दिया था, बलात्कार का केस होजाता तो ?

श्रवण -तू सकल से लगता भी है बलात्कारी , तुझे क्या बोला था ,तू सुनता कहाँ है।

बिल्लू -देख तू झूठ मत बोल।

इतने में पीछे से टीटी आगया ,अब फस गए न ,चलो भरो फाइन ?

श्रवण -सर ,मेरे पास टिकट नहीं है ,बदले में आप चाहे तो इस मोटे को लेजाओ ?

टीटी -फाइन भरो ,नहीं तो तुम दोनों को बंद करूँगा ?

श्रवण -अच्छा जेल में बंद करोगे ,फिर चलो ,चलो आगे –आगे ?

टीटी -ज्यादा होसियार बनने की जरुरत नहीं ,अभी दो डंडे खाओगे ,सारी हेकड़ी बाहर आजायेगी।

श्रवण -अच्छा डंडे भी मरोगे ,चलो फिर मै ही आगे -आगे चलता हूँ।

जैसे ही बाथरूम के पास पहुंचाता है ,बाथरूम कर लूँ क्या ?

टीटी -दो डंडे खाओगे तो खुद ही बाथरूम कर दोगे ?

श्रवण , जैसे ही बाथरूम का गेट खोला,बिल्लू को इशारा किया टीटी को धक्का देदे ?

बिल्लू ने टीटी को जोर से धक्का दिया ,टीटी मुँह के बल कमोड में जा गिरा। जोर से कराहते हुए - मर गया।

श्रवण ने बाहर से बाथरूम का गेट लगा दिया ,गैंडे साले तुझे धीरे से धक्का देने के लिए बोला था ,जान से मारने के लिए नहीं।

भाग जल्दी ,मिलगये तो जिन्दा नहीं छोड़ेगा दोनों चार –छह बोगी छोड़ कर आगे जनरल कम्पार्टमेंट में निकल गए ।

टीटी पुलिस वाले के साथ ,दोनों को ढूढ़ने लगा।

मुंबई स्टेशन में टीटी ने दोनों को पकड़ लिया ,यही है दोनों पकड़ो दोनों को इस बार कहाँ भागोगे ?

श्रवण ,पुलिस वाले के ऊपर बिल्लू को धकेलते हुए -अब तू संभाल बिल्लू ,भागने लगा। बिल्लू ने अपनी मजबूत भुजाओ से टीटी और पुलिस वाले को दोनों को इतनी जोर से धक्का मारा की दूर जा गिरे।

बिल्लू भी अपना झोला उठा कर ,श्रवण के पीछे ट्रेन से उतर कर भागने लगा - रुक रुक मुझे छोड़ कर कहाँ भाग रहा । टीटी, पुलिस वाले के साथ दोनों के पीछे -पकड़ ,पकड़ सालो को।

༚

10

श्रवण और बिल्लू किसी कदर स्टेशन से निकल कर, एक झुंगी झोपड़ी वाली बस्ती मे लेगया, जैसे ही अपनी खोली में पहुंचा ,बिल्लू ,अपनी नाक ,भौं सिकोड़ते हुए - छी तू ऐसे गन्दी जगह में रहता है ,इससे अच्छा तो मेरे भैंस का तबेला है ?

श्रवण -बेटा ये मुंबई है ,यहाँ लोगो को रहने केलिए तबेला भी नसीब हो जाये तो बहुत बड़ी बात है ।

खोली के अंदर चारो तरफ सामान बिखरा पड़ा था ,अपना झोला फेंकते हुए ,एक खाट पड़ी थी ,उसी पे लेट रहा -अब तुझे ही इसे स्वर्ग बनाना है ...

चल लग जा काम पे?

बिल्लू –मै तेरा नौकर बनने थोड़े न आया हूँ ?

श्रवण ,पुचकारते हुए –अपनी भैंस का तबेला समझ कर ही साफ़ सफाई कर दे ... थोड़ा काम तू कर लेना ,थोड़ा काम मै कर लूंगा ।

बिल्लू -अच्छा ठीक , दीवाल पर नज़र दौड़ते हुए ,पूरी दीवाल पे अर्धनग्न ,मॉडल ,कुछ हीरोइन के पोस्टर लगे थे ,बिल्लू -आह भरते हुए ,काश ये मिल जाए ?

श्रवण -क्यों नहीं ,जब भी तू बुलाएगा आजयेगी।

बिल्लू –ऐसा क्या ,एक गोरी चिकनी मॉडल पर हाँथ धरते हुए ,ये वाली को बुला ले ?

श्रवण -हा ,ठीक है आजायेगी ,रात में।

बिल्लू ,खुश होगया –उछल उछल कर ,फटा फट सभी काम करने लगा ,श्रवण ,लेटे लेटे - बर्तन भी साफ़ कर लेना ,कपडे भी धो लेना।

बिल्लू -और कुछ ?

श्रवण -खाना भी बना लेना ?

बिल्लू -और कुछ ?

श्रवण - तू भी क्या याद रखेगा ,जा मज़े कर।

श्रवण ,नहा धो कर ,खा पीकर तफरी काटने निकल गया ।

☙

11

श्रवण साम को अंग्रेजी सराब और चखना लेकर लौटता है ,बिल्लू बड़ी बेसब्री से आने की राह देख रहा था।

बिल्लू ,इधर उधर देखता है ,उसके साथ और कोई है ,अनमने मन से –बड़ी देर लगा दी आने में ?

श्रवण -हा ,तेरे ही जुगाड़ में था।

बिल्लू -वो फोटो वाली नहीं ,आई?

श्रवण ,शराब और चखना निकालते हुए - आजायेगी ,चल गिलास उठा और सुरु होजा।

बिल्लू - ऐसा क्या ,फटाफट ,ग्लास लेआ ,ग्लास आगे बढ़ाते हुए ,चल डाल ?

श्रवण – शराब पीने के भी कुछ उसूल होते है ,चल ,बैठ जा सिखाता हूँ।

एक प्लेट पे चखना फैलाते हुए ,दोनों ग्लास में बराबर बराबर मात्रा में सराब डाली-

चल ग्लास उठा ...ग्लास में ग्लास भिड़ाते हुए –चियर्स ,चल पीजा ,बस समझ ऐसे ही जैसे उस फोटो वाली को किश कर रहा है ,वैसे ही चुस्की लेते हुए।

बिल्लू -ऐसा क्या ,उस फोटो वाली को तो खा ही जाऊंगा।

बिल्लू ,दो तीन पैग जल्दी जल्दी गटक गया।

श्रवण -बिल्लू ,कल तुझे किसी से मिलवाऊंगा ,वो बहुत ही पहुँच वाला है ,तेरी नौकरी लगवा देगा बस तू काम पे लगजा।

बिल्लू ,को धीरे धीरे सुरूर चढ़ने लगा ,नशे में झूमते हुए -मुझे तो फिल्मो में हीरोइन के साथ रोमांस करना है।

श्रवण -रोमांस ऐसे ही थोड़े न होता है ,उसके लिए बहुत पापड़ बेलने पड़ते है । बिल्लू ,श्रवण का गला पकड़ते हुए -भो ***डीके के , चूतिया बनाने के सिवा तू कुछ नहीं करता ?

श्रवण-देख बिलुआ ,तुझे चढ़ गई ,अब तू सो जा।

बिल्लू -ऐसे कैसे सो जाऊँ,फोटो वाली को बुला जल्दी उसी के साथ सोऊंगा ?

श्रावण -सो न जा कर कौन मना कर रहा है ,सपने में आएगी ।

बिल्लू ,अपनी ग्लास पटकते हुए ,अपने बिस्तर पे जाकर लेट गया -साला ,हाँथ हिला हिला कर हाँथ पे छाले पड गए।

श्रवण,अपना पैग ख़तम करते हुए –चद्दर गन्दा मत करना।

12

अगले दिन श्रवण बिल्लू को एक सिक्योरिटी ऑफिस में लेगया ,एक मोटा तगड़ा मुस्टंड बैठा था ,श्रवण को देखते ही -आइये आइये कलाकार महोदय ।श्रवण स्टाइल से एक पैर के ऊपर दूसरा पैर चढ़ाते हुए ,बैठ गया ।बिल्लू ,ने पहले कभी ऐसा आलीशान बगला ,ऑफिस नहीं देखा

था ,ऑफिस की पेंटिंग ,नक्कासी ,कारीगरी शानो सौकत को बड़े गौर से पागलो सरीखे देख रहा था।

ऑफिस का मैनेजर ,श्रवण से धीरे से ,दिमाग का स्क्रू ढीला होने का इशारा करता है।

श्रवण -अरे नहीं ,वो सब एडजस्ट हो जाएगा।

मैनेजर "काम तो अच्छे से करलेगा न ?

श्रवण -कोई टेंशन नहीं , जितना बोलते है ,उतना ही करता है।

मैनेजर ,बिल्लू को आवाज देते हुए -क्यों भाई ,करलोगे न ?

बिल्लू ,बक झक करते ,हकलाने लगता है -जी ,जी सर ,कर लूंगा ,मगर करना क्या होगा ?

मैनेजर - एक मैडम है ,फिल्म वाली उन्ही का काम करना है ?

बिल्लू ,की आंखे चौड़ी होगई -क्या काम करना होगा ,फिल्म वाली मैडम ?

मैनेजर –हा ,डिलीवरी का काम है,गड़बड़ी नहीं होनी चाहिए ?

बिल्लू - जी ,बिलकुल नहीं ,अपनी भुजा फुलाते हुए ,दंड पेल पेल के ये शरीर बनाया ही इसी दिन केलिए।

मैनेजर ,बिल्लू को इशारा करते हुए –ठीक है ,कल से काम पे लगा दो ?

श्रवण -टेंशन की कोई बात ही नहीं,मै हूँ तो।

मैनेजर, मुस्कुराते हुए - सर,आप तो बहुत समझदार है ,ज्यादा कुछ समझाने की जरुरत तो नहीं ,बस देखिएगा ,सुरछा हटी की दुर्घटना घटी।

श्रवण,मैनेजर को सब मैनेज करने का इशारा करते हुए बिल्लू को लेकर वहाँ से चला गया।

## 13

अगले दिन श्रवण ,बिल्लू को लेकर ,एक आलीशान स्पा सेंटर पहुँच गया ,एक खूबसूरत मॉडल टाइप की लड़की सलोनी नाम था , टॉप स्कर्ट पहने बैठी थी ...श्रवण को देखते ही –ओह मी .श्रवण ,कम ,आफ्टर अ लॉन्ग टाइम।

श्रवण -हा ,वो काम के सिलसिले में ,विदेश दौरे पे था।

ये सुनते ही बिल्लू खांसने लगा।

श्रवण ,बिल्लू की तरफ बिना ध्यान दिए ,सलोनी मैडम को पुचकारते हुए -और काम कैसा चल रहा ?

सलोनी - ये धंधा ही ऐसा है टना टन ही रहता है।

श्रवण -सो तो है ,अच्छा मै चलूँगा ,मुझे कुछ जरुरी काम है ,कनखियों से बिल्लू की ओर इशारा किया ,फिर सलोनी की ओर देखता है।

सलोनी ,मुस्कुराते हुए –ओके तुम जाओ ,ई विल हैंडल ।

श्रवण अपनी सीट से उठते हुए - अच्छा बिल्लू भाई ,मैडम को शिकायत का कोई मौका मत देना ,खूब मन लगा कर काम धंधा करना।

बिल्लू ,मन ही मन बहुत प्रसन्न था ,श्रवण को बाहर लेजाकर गले लगाते हुए ,रोने लगा ,श्रवण –क्या हुआ ,रो काहे रहा ?

बिल्लू - तेरा प्यार देखकर,रोना आगया ,ईश्वर सब को ऐसा दोस्त दे।

श्रवण -बस तुम देखते जाओ ,कहाँ से कहाँ पहुंचा दूंगा तुम्हे ,बस तुम तन ,मन लगा कर काम करना । इतना कह कर वहाँ से चला गया।

बिल्लू ,जैसे ही सलोनी मैडम के केबिन में अंदर गया ,कुछ दबाईया ,तेल की बोतल निकाल रही थी ,उनमे मरदाना ,सेक्स पावर ,कुछ पाउडर की पुड़िया थी।

सलोनी मैडम ,बिल्लू को चुप चाप ,डरा सहमा खड़ा देख ,मुस्कुराते हुए ,उसके पास जाती है ,गले में हाँथ फेरते हुए - डरने का नहीं ,क्या समझा ?

बिल्लू -जी मैडम ,वैसे काम क्या करना होगा ?

सलोनी ,बिल्लू को ललचाई निगाहो से देखते हुए –यहाँ ,काम ही काम है ,उसी के पैसे मिलते है , नहीं समझे ?

बिल्लू ,न में सर हिलाते हुए । सलोनी - तू अनाड़ी ही लगता है।

बिल्लू -नहीं मैडम ,मै खिलाडी हूँ , गांव में बहुत कबड्डी खेली।

सलोनी - बस तो फिर क्या ,यहाँ भी कबड्डी ही खेलना है।

बिल्लू -जी मैडम समझा नहीं ?

सलोनी ,बिल्लू के हांथो में पैकेट पकड़ाते हुए –बस इसे इसके मालिक के पास पहुँचाना है ,आंगे का काम खुद ही समझ जाओगे,बिल्लू के हाँथ पे एड्रेस और पैसे देते हुए

जैसे ही बिल्लू जाने लगा , सलोनी ,सख्त लहजे में टोकते हुए –कोई शिकायत नहीं आनी चाहिए ,अच्छे से काम करो ,हँसते हुए –जाओ ऐश करो।

☙

14

बिल्लू को कुछ समझ नहीं पड़ रहा था ,आखिर काम क्या है ,कभी हाँथ में लिए पैकेट को देखता ,कभी एड्रेस को देखता ,रोड पे खड़ा था। तभी एक ऑटो टैक्सी वाला आकर रुकता है –कहाँ छोड़ना है ?

बिल्लू -एड्रेस दिखाते हुए ऑटो वाला –बैठ जाओ ,अभी छोड़े देता हूँ ,बिल्लू ,चुपचाप बैठ गया।

ऑटो सरपट रोड पे दौड़ने लगी ,घुमा फिरा के बिल्लू के दिखाए गए एड्रेस पर छोड़ देता है।

बिल्लू ,उतर के पैसे देने लगता है –कितना हुआ ,भाई ?

ऑटो वाला -500 /-

बिल्लू - 15 मिनट के 500?

ऑटो वाला -मंगल गृह से आये हो क्या ?

बिल्लू -ये कहाँ पड़ता है ?

ऑटो वाला -नीरा ही मालूम पड़ते हो ,गाड़ी में मिनट का हिसाब नहीं लगता ,किलोमीटर से चलती है ,25 चली ,25 का 500 सौ ,समझे ? दो जल्दी ,टाइम खोटी मत करो।

बिल्लू ,मन मसोसते हुए 500 सौ निकाल कर देदेता है।

सामने एक आलीशान मेंशन पे पहुँच जाता है ,सिक्योरिटी गार्ड से वो एड्रेस पूंछता है ,सिक्योरिटी गार्ड -5 फ्लोर पे 405 ,फ्लैट नंबर।

☙

15

बिल्लू पहले कभी ,लिफ्ट पे चढ़ा नहीं था ,सोचा लिफ्ट से गया तो कही लिफ्ट में ही न फस जाए ,सीढ़ियों से ही हफ्ते हुए ,जैसे तैसे गार्ड द्वारा बताये गए फ्लैट पर पहुँच जाता है।

दरवाजा नॉक करता है ,एक अधेड़ उम्र की महिला अनामिका ,मोटी सी,बाल खुले ,मुँह पे सफेदा लगाए , किसी चुड़ैल से कम नहीं लग रही थी,जैसे ही उसने गेट खोला,एक बारगी नज़र पड़ते ही बिल्लू ,डर गया ।

बिल्लू ,हकलाते हुए -जी ,जी मैडम ,ये आपका । उसकी तरफ पैकेट बढ़ाता है, अनामिका,फिर पैकेट का मुआयना करते हुए फिर बिल्लू का मुआयना करते हुए –हूँ ,तो शलोनी ने ये प्रोडक्ट भेजा है ,इतना भी बुरा नहीं ,चल आजा अंदर।

बिल्लू के हाँथ से वो पैकेट लेकर अनामिका अंदर चली जाती है ,बिल्लू बाहर ही हाल में बैठ जाता है ,कुछ ही देर में अनामिका अपने बेडरूम से बिल्लू को आवाज देती है –कम हियर ?

बिल्लू ,संकुचाते हुए –मैम ,मुझे बुला रही है ?

अनामिका ,मादकता भरे लहजे में –और कौन है ,तुम्हारे अलावा ,जल्दी करो ?

बिल्लू ,जैसे ही उसके बेडरूम ,पहुँचता है ,उसके होश ही उड़ गए –शरीर पे खाली एक टॉवल लपेटे पीठ के बल लेटी थी।

अनामिका -चलो ,सुरु हो जाओ ?

बिल्लू ,बिलबिलाने लगा -क्या करना है ?

अनामिका -पहली बार है ,इससे पहले कभी नहीं किया ?

बिल्लू –जी कभी मौका ही नहीं मिला,हाँथ से ही काम चला लेता हूँ।

अनामिका ,बिल्लू की तरफ घूमते हुए –हा तो ,हाँथ से ही करना है ,क्या पैर से करोगे ?

बिल्लू ,डरते डरते ,अपने कपडे खोलने लगता है ,अनामिका ,चिल्लाते हुए –चूतिये ये क्या कर रहा ,तुझे मसाज करने केलिए कहाँ है ,पहले किया नहीं ?

बिल्लू ,ने सोचा कही नौकरी हाँथ से न चली जाए –जी किया है ,बहुत बार किया है।

अनामिका ,बगल में रखे तेल की शीशी की तरफ इशारा करती है —चल सुरु हो जा ?

पेट के बल लेट गई , बिल्लू मन ही मन बुदबुदाते हुए ,साली भैंस ही है ,हाँथ में तेल लेकर भैंस की तरह रगड़ने लगा।

अनामिका ,चिल्लाते हुए -स्किन में रशेस नहीं आना चाहिए ,आराम से ?

बिल्लू -जी मैडम ।

बिल्लू , मालिश करते- करते ,गरम पड़ गया ,उधर से अनामिका सिसकिया लेने लगी ,बिल्लू हिम्मत कर धीरे धीरे उसके टॉवल से अंदर हाँथ डाल कर ,कूल्हे मलने लगा।

अनामिका —ओहह ,आउच ,थोड़ा और कस के ?

बिल्लू ,अपना पेंट सहलाते हुए -तेल निकलना सुरु होगया ,मैडम ,अपना वाला मसाज सुरु करू ?

मनलिनी ,पीठ के बल लेटते हुए ,टॉवल दूर फ़ेंक दिया ,बिल्लू को अपने ऊपर खींचते हुए,बिल्लू अनमिका को कशमसा के अपने बाहो में जकड लिया ,भूंखे भेड़िये की तरह टूट पड़ा ,जैसे जनम से भूंखा हो ,घंटो उठा पटक चलती रही जबतक दोनों पानी पानी नहीं होगये।

अनमिका ,बिल्लू के काम से खुश होकर ,जाते जाते ,हरी हरी नोटों की गड्डी थमा दी ,अगले हफ्ते का फिर अप्पोइंटमेन्ट देदिय।

16

बिल्लू की मरदाना ,ताकत का उसकी बॉस शालोनी ने भरपूर फायदा उठाया,ग्रुप में भेजने लगी।

बिल्लू के भी खूब मजे थे ,पैसे के पैसे मज़े के मज़े।

बिल्लू और श्रवण अब एक रिहायसी इलाके में आलीशान फ्लैट में रहने लगे ,बिल्लू के पैसो से श्रवण के भी खूब मज़े थे ,बिल्लू से भी पैसे ऐठता ,उधर उसकी बॉस शालोनी से भी कमीशन खाता ,कई महीनो तक ये खेल धड़ल्ले के साथ चलता रहा।

## 17

गलत का परिणाम गलत ही होता है ,एक दिन बिल्लू अपने क्लाइंट के साथ मौज मस्ती में मसगुल एक बार में ,नशे में झूम रहा था ,तभी चारो तरफ से भगदड़ मच गई –भागो भागो ,पुलिस की रेड पड़ गई।

बिल्लू के होश फाख्ता होगये ,कहाँ भागे क्या करे ,चारो तरफ से पुलिस को आता देख ,बाथरूम में घुस गया।

अंदर से दरवाजा बंद कर श्रवण को कॉल किया –पूरी बात बताई ,श्रवण अपनी छमिया के साथ फ्लैट में ही मौज कर रहा था उसके भी प्राण सूखने लगे ,साला मर वायेगा ,क्या करे ,क्या करे ?

शातिर दिमाग तुरंत एक युक्ति सूझी –जैसा कहता हूँ ,वैसा ही कर ,फ़ोन कट होते ही ,सिम निकाल कर चबा जाना ,फ़ोन को गटर में डाल देना ,फ़्लैश मार देना।

और अपने कपडे फाड़ लेना ,पुलिस के सामने पागल बनने की एक्टिंग करना ,छोड़ देगी । इतना कह कर फ़ोन कट कर देता है।

श्रवण समझ गया ,अब यहाँ रुकना खतरे से खाली नहीं है,छमिया को भगा कर ,चुप चाप अपना सामान पैक कर बैंकॉक की फ्लाइट पकड़ कर निकल गया।

उधर बिल्लू को पुलिस पकड़ लेती है ,बिल्लू –सर मै पागल हूँ ,मुझे छोड़ दीजिये ?

पुलिस वाला ,दो डंडे लगाते हुए –भड़वे साले ,थाने चल सारी गर्मी निकालता हूँ।

पुलिस गाड़ी में सभी को भरके थाने लेगई ,बिल्लू ,के पास श्रवण को कोशने के सिवाय और कोई रास्ता न था ,मन ही मन कुढ़ते हुए – साला अब असली वाली रगड़ाई होगी,इस बार जो बच जाऊं,भैंस के तबेले में भैंस ही रगड़ूंगा ,फिर लौट कर नहीं आऊंगा।